恋・舞・芝居

—俳句とエッセイ—

大堀柊花

本阿弥書店

＊目　次

恋・舞・芝居

——俳句とエッセイ——

大堀柊花

装幀　大友　洋

恋

イヴよりもアダムが先にシャワー浴ぶ

追ふも追はるるも優雅に熱帯魚

口づけとみせすれちがふ熱帯魚

愛告げし唇もて啜る生海鼠

耳たぶに息こそばゆき近松忌

待つ人の来て綿虫を見失ふ

艶聞をいつも身ほとり椿餅

薪能怨みの面しづかなり

土壇場で女が殺す夏芝居

一向に漕ぐ気配なき恋ボート

美しき僧の隣に夏書かな

学僧のもとへ夜な夜な火取虫

ふつつりと文の途絶えて秋扇

格子より女が覗く近松忌

裘ぬいで女にもどりけり

逢ひにゆく髪を阿修羅に初嵐

灯ともせばわれを見給ふ男雛

翅とぢて玉虫の恋終りけり

水鳥の愛を告ぐるに嘴をもて
ゆきずりの恋のはじまり酔芙蓉

天国の恋もあるらむ春の虹
いとしさは込みあげるもの物芽立つ

銀漢の下にあまたの恋生まれ
底紅や人を愛して愛されて

添ひ遂げることのかなはず帰り花

不器用な恋かも知れず雨の薔薇

伏し目にて恋は告ぐべし秋海棠

宵闇やドラマのごとくすれ違ひ

憎からぬひとを隔てて秋簾

紅梅のほつほつ咲いて巫女の恋

そのころの恋は気まぐれ紅の花
薔薇に棘愛とはかくも酷きかな

うす情けゆゑに忘れず箒草
歌留多とり恋には遠き瞳もて

紅梅や恋のなくては生きられず

末かけし縁などはなし鳥雲に

恋どきの水輪かさねて水馬
香水をたつぷりつけて嫌はる

忘れしか忘れられしか紅の花

臥待や昔わが身に待つ辛さ

冬菊の情けつくせし色ならむ
恋文のほどけしさまや花あやめ

深海の恋を華麗に夏芝居

いくつもの恋を捨てたり冬銀河

相方は憎からぬ人桜鍋

虎杖の芽のくれなゐに僧の恋

路地うらに恋のはじまる祭どき
無花果の熟れごろ人に恋ごころ

竹藪の葉擦れしきりに星の恋

恋しさに黒髪ほそり雪女郎

立て膝のままにほどきて懸想文

恋の火のいつときなりし菜殻燃ゆ

女より男うつくしかきつばた

愛されも嫌われもせず蚯蚓這ふ

俯きしまま愛告げて秋海棠

笹鳴やなほ忘れえぬ人ひとり

彼の人にたまたま逢えば春時雨
人知れず心尽くして松の花

草笛に恋始まりしばかりかな

乱心は人のみならず夏の蝶

まだ馴れぬ二人の会話夜の新樹

しばらくは濡るる想ひの十三夜

舞

舞初や女ざかりの足袋の反り

舞初や裾にかくれて足さばき

立ちて菩薩坐りて遊女舞初

舞初の畳一枚より出でず

舞扇かざせし方を恵方とす

舞初や見えざる富士へ手をかざし

舞初や足袋の固きをほぐし穿き

金屏の花ひらくかに舞初

初夢の手を逸れゆきし舞扇

舞初や二枚扇を惜しみなく

初夢の扇ひらけば白妙に

打掛の鶴の舞立つ舞始

金屏の影を大きく舞始

舞初の固き扇を打ちひらき

舞初や鐘を撞くにも扇もて

差しがねの蝶狂はせて舞始

お稽古の足袋のつまさき針起し
獅子頭とれば団十郎なりし

舞初の要返しをなめらかに

舞初の扇を守り刀とも

舞初の扇もて斬りむすびけり

花冷えの肩より落す舞衣

清姫の出を待つ袖に春の闇

花冷えの畳に落す舞扇

舞扇をさめてよりの花の冷え

良雄忌の地唄の稽古はじまりぬ

舞稽古ひとくぎりして葛ざくら

お稽古の今年の浴衣届きけり

お稽古の人の出入りや釣忍

扇もて発止と打たるる寒稽古

素をどりの始まる前の金屏風

舞の手を少し復習ひて冬籠

お稽古の人帰りゆく初時雨

大詰めは近江の春や都をどり

芝居

初曽我や敵を前に長科白

引幕の柝をあざやかに初芝居

古き世の掟に泣けり初芝居

いざこざはおぼろ夜のこと初芝居

名刀と命とりかへ初芝居

色悪といふ役どころ初芝居

山科の雪深々と初芝居

松過ぎの楽屋にとどく京のもの

聶肩より酢茎のとどく楽屋かな

まゆ玉の枝垂れにふれて升席へ

まゆ玉の枝垂れのとどく置舞台

楽屋入り少し遅れて松の内

金閣へ花の散りつぐ初芝居

楼門のいませりあぐる初芝居

猩々がほどには飲めず年の酒

幕開きの柝が鰆を呼び鏡餅

赤面の憎さも憎し二の替

旧正の六区にかかる旅芝居

花冷えや切腹の場の明るすぎ

波音で幕あく芝居俊寛忌

遠目にも白波立ちて俊寛忌

緞帳の梅の縫取り二の替

楽屋着の役者ゆきかひ午祭

春の夜や太夫が泣けば影もまた

春の灯や人形反ればば遣ひ手も

芝居みて京の泊りや花菜漬

南座の芝居のはねて花菜漬

先代のお岩そつくり夏芝居

殺し場の月の明るき夏芝居

殺しなきことのさみしき夏芝居

人の欲あざとくみせて夏芝居

ごっそりと黒髪がぬけ夏芝居

殺し場の下座の鉦鳴る夏芝居

殺し場の暗転ながき夏芝居

皿割つて男をためす夏芝居

血まつりを祭さわぎに夏芝居

深海の恋を華麗に夏芝居

室咲や鏡の前に女形

歌舞伎座の楽屋鏡に室の花

餅花にふれて出を待つ舞台かな

顔見世の灯に近々と銀座の灯

荒事の弁慶縞の涼しさよ

劇中の雨ひとしきり山雨の忌

落としたる櫛がきつかけ夏芝居

入れ替への歌舞伎座の前水を打つ

殺し場のはなから暗き夏芝居

殺し場のあとのやうなる夏の月

鮨桶の中は生首夏芝居

悪役の豪気につかふ渋団扇

絵団扇を斜にかまへて濡場かな

だんまりの場のそのあとの梅雨の月

毒を盛るほどの恋なり夏芝居

美しく帯の解かるる夏芝居
襲名の配り扇も忘れられ

書割を風がめくりて盆狂言

修羅場とも濡れ場ともなく稲びかり

濡れ場みて戻る道々盆の月

しばらくは遣らずの雨か近松忌

劇場のそばの昼湯や近松忌

太棹のさはり甘美に近松忌

歌舞伎座の立見をのぞき年忘れ

毬唄で幕あく芝居良寛忌

近松の女の意気地寒椿

春の夜の芝居のはねし楽屋口

暗転のたびに深まる春の闇

客席も舞台も朧にて終る

中村座ありしあたりや月朧

揚幕の音なく揚がりたかしの忌

のつけから濡れ衣の場や初芝居

足で描く鼠は生きて初芝居

幕間に這入るおでんの出店かな

花鳥風詠——身辺随想

雀の子

わが家の朝は雀の声で始まる。飼い鳥のセキセイインコの餌のおこぼれが目当てで五羽から十羽ほどの雀がやってくるのである。ベランダには、そのための皿が置いてある。八月から九月にかけては、その雀たちが子雀を連れてくる。その鳴き声でそれとわかる。子雀は、羽をばたばたさせて親雀に餌をねだるのである。

朝々に雀くる窓終戦忌

あるときその子雀が一羽だけ、取り残されてインコの籠の上で、しきりに鳴いていた。が、親雀は、どうしたわけか一向に迎えに来ない。ほかの子雀より、ひとまわり小さい。可哀そうで私は困り果てた。うちで飼うのには余りにも小さいのである。小一時間くらい経ったであろうか。遂に親雀が迎えに来た。二羽で飛び立つのを見て、私はほっとした。

歌舞伎舞踊に「吉原雀」がある。三升屋二三治《みますやそうじ》作詞。清元斉兵衛作曲。文政七年（一八二四年）二月江戸市村座初演。

吉原大門で男女の鳥売りが放生会の由来、クドキとチョボクレの振りごとをする。

〽俳優《わざおぎ》の　昔を今に教草　吉原雀の旧事《ふるごと》を　ここに移して　三つ扇　誰も三升とやつし事　〽凡《およ》そ生けるを放つこと　人皇《にんのう》四十四代の帝　合　元正《げんしょう》天皇の御宇かとよ　合

養老四年の中の秋　宇佐八幡の託宣《たくせん》にて　諸国に始まる放生会……

（平成二十六年九月）

初芝居

七草を過ぎて歌舞伎座の初芝居を見る。出し物は「金閣寺」「蜘蛛の拍子舞」「一本刀土俵入」である。飛び込みなので空いていた一階の六列十八番の席である。先ずは「金閣寺」。幕が開くと桜の木が上手の装置。以前は下手であった。

松永大膳は染五郎、雪姫は七之助。以前、雀右衛門の雪姫を見た。舞台一面に散りつぐ桜を仰ぎながら昔を想いだしていた。

雪 姫 へ 花 明 か り し て 初 芝 居
足 で 描 く 鼠 は 生 き て 初 芝 居

次は「蜘蛛の拍子舞」女郎蜘蛛の精は玉三郎である。源頼光は七之助、渡辺綱は勘九郎である。

土蜘蛛の精せり上がる初芝居

美しい白拍子は即ち土蜘蛛の精。舞台一面に千筋の糸を繰り出す。しかし、染五郎扮する坂田金時が駈けつけて、さしもの土蜘蛛も次第に衰え、やがて退治されてしまう。歌舞伎舞踊の美しさ華やかさに観客はしばしうっとりする。

最後は長谷川伸作の「一本刀土俵入」である。以前、勘三郎の駒形茂兵衛を見たが今回は、幸四郎の茂兵衛、安孫子《あびこ》屋のお蔦を魁春がつとめる。序幕に、九十歳を過ぎた中村小山三が出ていて微笑ましい。幸四郎の取的茂兵衛は、やや痩せた形ではあるが、さすがに好感がもてた。お蔦もなかなかの出来。櫛簪、持ち金を茂兵衛に与えて励ますところで、ほろりと涙を誘う。

終幕では、お蔦の意に反して渡世人になった茂兵衛が、お蔦に再会、その夫と幼い子を含めて助ける。幕切れで、お蔦たちを見送りながらの名科白「これが駒形屋茂兵衛の一本刀土俵入りでござんす」に万感の思いがこもる。折から一本の山桜が切りもなく散りかかる。

山桜散りつぐ別れ初芝居

（平成二十七年一月）

新派

一月十九日、久しぶりに三越劇場で新派を観る。花柳章太郎没後五十年追悼の公演である。出し物は、樋口一葉原作、久保田万太郎脚色の「大つごもり」と川口松太郎作の「寒菊寒牡丹」である。

「大つごもり」の山村家の下女は波乃久里子。この芝居は映像では見たことはあったが、舞台は初めて。幕が開いて、つくづく久里子さんを見た。

大阪の芝居で「お桂ちゃん」に久里子さんと同じ幕で、ご一緒したときのことが懐かしい。

久里子さんの「みね」は、章太郎の当り役であり、彼女の持ち役でもあり、また一葉の分身ともいえる。その役の貧しさが痛々しい。貧しい故に、三十円の盗みをして、井戸に身を投げようとするが、その家の放蕩息子、石の助に救われるのである。

「寒菊寒牡丹」は、水谷八重子の妻吉という新橋の芸者と、それを取り巻く芸者衆や幇間など、そして花街の風習や掟などなど、いかにも新派らしい内容である。なかでも妻吉は章太郎の当り役であった。

八重子さんの若かりし頃NHKの番組で、ご一緒したことがあったのを思い出す。そのころはエノケンさんもいらした。八重子さんは或るドラマーとお付きあいの最中であったようだ。

みんな遠い昔のことなのに、人は、それぞれの道を歩いている。いや、歩くしかないのかも知れない。

章太郎五十年忌や初芝居

（平成二十七年一月）

芝公園の梅

港区は「忠臣蔵」にゆかりの地でもある。俳句グループ「花芽」の吟行会は芝公園の梅見に始まる。都営三田線の芝公園で下りて地上に出ると、すぐ梅林が見える。ここは昔の梅屋敷でもあった。ちょうど白梅がひらき始めたところである。見渡せば、そこここに紅梅のいかにも紅い蕾が膨らんでいたりする。

白加賀と名付けし梅のまだ蕾

野良猫らしい一匹が梅の木の上に日向ぼこしているらしく、じっと動かない。

猫の恋始まりさうな梅日和

この梅林は白梅が多いせいか「銀世界」の石碑も立っている。梅林の奥へと移動すると貝塚の碑もあった。海に近いせいかも知れぬ。

貝塚のあたりもつとも梅白し

そのあたりから坂がかりとなっていて、古墳へと導いてくれる。そこには稲荷堂もあり、その上へと上りつめると伊能忠敬の碑がある。

春泥をたどりたどりて忠敬碑

そこからは、東京タワーを望むこともできる。右手へ目を移すと、徳川家康にゆかりの増上寺が見渡せる。

しばらく下界を眺めたあと、下山して、すぐお隣の東照宮へと移動する。まだ芽吹きの始まらない大銀杏を、つくづくと見上げて、石段を上がると赤い社殿がある。そこには、ひともとの冬桜が淋しい花をつけていた。

（平成二十七年二月）

花辛夷

緑道を歩いていると白い花がいくつも散らかっていた。ふと空を仰ぐとそれは辛夷であった。

花辛夷つばさあるかに空へ伸び

今朝の私は何となく気分がよくて、朝風呂の前に、しばらく休んでいた長唄の「道成寺」の稽古をしようと思い立った。

先ず、足袋を履き稽古着を身につける。テープを回すと「恋の手習」である。手拭を持ってうしろ向きに立ち静かに前を向く。情感のあるところなので、ゆっくりと始める。踊りの手は忘れていなかった。体が覚えていた。次は振り鼓を使ってテンポの早いところ、「園に色よく咲き初めて……」そして「恨めしやとて龍頭に手をかけ飛ぶよと見えしが……」と、清姫の鐘入りとなる。

稽古が終ると朝湯に入り、朝食をとる。籠のインコが嬉しそうに鳴いている。このインコはわが家へ来て二年目。ようやく雌雄であるしるしが見えてきたところである。寿命は七年から十年と聞くが、さて、私はいつまで生きられるのであろうか。

ふと、林芙美子作「放浪記」の舞台を思い浮べた。晩年の芙美子が机にもたれて眠っている。そこへ、女流作家の一人が訪ねて来る。しかし、芙美子は眠ったままである。「貴女はちっとも幸せじゃないのね」と呟いて彼女は帰ってしまう。しかし、芙美子は息絶えていたのだ。幕切れの幕が静かに下りる。まるで、私自身の幻影を見ているような場面であった。

（平成二十七年三月）

花曇り

昨日は久しぶりに戸塚へ伯父の墓参りに行った。親縁寺の桜は満開で、思わず虚子の「咲き満ちてこぼるる花もなかりけり」が口をついて出た。

墓参りを済ませてから、従弟たちと握り寿司をたべにゆき、帰途に着いた。


今日は久しぶりの遠出に疲れて午前中の散歩だけにする。緑道の桜は満開ではあったが、やや強い風に少しずつ散り始めていた。

午後から花どきにありがちな曇り、つまり花曇りとなり、のちには雨催いと思われるような天気になった。

ふと、常磐津の「年増」（花甑暦色所八景《はなごよみいろのしょわけ》）の一節「思われそめて思いそめ花ぐもりから本当の雨に嬉しき朝直し……」が、口をついて出る。

これは、江戸隅田堤を舞台として隅田川より今戸八幡、浅草寺、遠く吉原を望む場面。天保十年江戸中村座初演で、江戸八景、変化舞踊の一つである。

駕籠を下りた芸者上りの女が、いわゆる「しゃべり」という近松以来の雄弁形式をとったところが面白く、振りも色っぽくできているものである。

しかし、花曇りはいかにもうっとうしくて心が塞ぐ。

水 門 の 水 せ め ぎ 合 い 養 花 天

俳句では、花曇りを「養花天」ともいう。いつの間にか夕刻となり、窓の明りが、ほっほつと灯る。どれ、そろそろ夕支度にかかろうか。

（平成二十七年四月）

花の雨

朝からかなり強い雨である。桜どきの雨は結構あるが、今朝の雨はせっかくの桜を散らしてしまいそうな雨である。三日後の吟行は墨堤の桜が目当てなのに心配である。

老優のひとり逝きけり花の雨

歌舞伎役者の中村小山三さんが、この六日に九十四歳で亡くなられた。四歳で中村屋に入門して中村屋三代に仕え、芝居の生き字引と言われた人でもあった。

「籠釣瓶花街酔醒《かごつるべさとのえいざめ》」（三世河竹新七）では、全盛の花魁を殺しに来た、絹商人の次郎左衛門が、小山三扮する女中お咲を巻き添えにする場面では、斬られたお咲の緋色の帯揚げが、はらりと自然に落ちるという工夫をしたと聞く。そんな芝居ももう見ることが出来ない。

彼は「小山三ひとり語り」という本を残して旅立った。

四月なのに今日の東京は如何にも寒い。春の風邪ごこちの私は従妹から来たメールに目を通したり、返事を書いたりして過ごしている。

このごろ齢のせいか気落ちがして、今年の吟行プランを無事にこなすことが出来るであろうかなどという気がかりもある。

窓から外を覗くと、相変わらず花の雨である。そろそろ昼に近い。籠のインコは何故か、おとなしくしている。今日は花祭なのにどこにもでかけられない。

籠鳥に真似てうたた寝花の雨

（平成二十七年四月）

それは恋

或る日、小抽斗の整理をしていたら、ビクターのドーナツ盤が出て来た。帝劇公演「近松心中物語」の主題歌「それは恋」である。

朝霧の　深い道から
訪れて　私をとらえ
夕もやの　遠い果てから
呼びかけて　私をとらえ
ひたすらの　愛の願いを
あふれさせたもの

それは恋　私の恋

作詩・秋元松代、作曲猪俣公章、歌は森進一。配役は、平幹二朗、大地喜和子である。遠い昔、私は帝劇でこの芝居を見た。そのとき劇場で売っていたこのドーナツ盤を買ったのを思い出した。

若かりし頃、その秋元松代に福岡放送局でお会いしたことがあった。たしか放送劇団員の集会で、加藤道子さんもいらした。そのころはラジオの時代ではあった。秋元松代には「常陸坊海尊」「かさぶた式部考」などがあることをあとで知った。

テレビの時代に入ってから、私は紹介状をもらって上京した。まだ、二十代であった。それからいろんなことが私の身辺にあったが、紆余曲折して俳句を作るようになり、秋元不死男という俳人のことを知ることになる。秋元松代は、その妹さんであることがわかったのである。

人と人との巡り合わせは予想のつかないものである。今私は、その秋元不死男にもっとも近い鷹羽狩行の俳句結社に、お世話になっている。
明日は「葉月」という私の句会があるので町田まで出かけなければならない。

ロマンスカー車窓より見る八重桜
マネキンと知らずに過ぎる花の昼

（平成二十七年四月）

三社祭

三社祭は、五月十五、十六、十七の三日間である。浅草へはいつものコースを避けて、亀戸から東武亀戸線を利用して、吾妻橋で乗換え、浅草へ着く。

東芝フェアのお招きもあり、まず産業会館の会場へ寄り、お土産を戴く。浅草寺へは二天門から入る。大変な人出なので人をかきわけかきわけて、ようやく浅草神社へ入り、舞殿の芸者衆の美しい踊りを少し覗いて、神社をぬける。浅草寺の方も人でいっぱい。やっと右手の階段から上がり、本殿のなかに入る。参拝をすませて階段を下り、五重の塔の方へすすむ。人ごみの中を、仲見世の方へゆき、伝法院の前を過ぎて右折すると、ちょうど仲見世の裏へ出た。

葉桜の伝法院に人いれず

いつもの天ぷら屋、釜飯屋を過ぎて、御鼠屓の扇店へやっと着く。店の隅に箱庭が、しつらえてあった。

箱庭のいとも小さき釣瓶井戸

しばらく飾ってある扇を眺めてから、美しい熨斗袋を求める。入口の祭提灯をくぐって表に出ると、三社祭の団扇を売っている。その中の牡丹をあしらったものをひとつ買う。ようやく雷門の方へ出て人ごみを歩き、神谷バーの前までくる。帰りも、亀戸線を使う。

仲見世の裏も表も祭かな

黄楊櫛のよのやの前も祭かな

今半の古びしのれん祭くる

軒に吊る祭提灯てんぷら屋
男らの雪駄ちゃらちゃら祭どき
女神輿男神輿とつづきけり
刀屋の反り美しき祭かな
献上の夏帯は白祭店
お神輿はいま花川戸あたりかな
酔ひどれの道ばたに寝て祭かな

（平成二十七年五月）

新樹

美しい新樹の見える窓辺で私は少しうとうとしていた。そして何故か、青山に住んでいる友人のことを思い出した。彼女はオートクチュールの小さなお店を出していたが、或る時「なにかお約束しましたかしら」という電話があったきりお会いしていない。約束はしていなかったのである。

その彼女のお招きでファッションショーを見に行ったことがあった。そのショーの中でモデルさんが着ていた洋服の生地が気に入り、春のコートを注文したこともある。

ファッションショーと言えば、私が福岡県小倉にいたころそのショーの司会を何度かしたことがあった。そのころ私は小倉放送局の声優をしていたことから、お声がかかったのである。といっても玉屋という百貨店の主催である。

或る時、そのショーの楽屋でモデルの一人が具合が悪くなって、衣装を着たまま横たわっていたことがあった。その人は私に、そこにコールドがあるからメイクを落として頂戴と言うのである。私は丁寧に彼女のメイクを落として差しあげた。そんなこともあったのである。

このごろはファッションショーにもお目にかからなくなった。テレビでときに見るくらい。昔々のお話である。

昨日は、町田の葉月会という句会に出席した。二十四年も続いている句会なのである。その中の一人、照子さんが帰りにお花を下さった。ときおり下さるそのお花がとても嬉しい。

今日は何故か窓から見える新樹が眩しいのである。

思ひ出はときに眩しき新樹かな

（平成二十七年五月）

青梅雨

二階の窓から見えるこのあたりは新樹が多くて梅雨に入るといかにも清々しい。青梅雨という言葉がぴったりする。そういえば母が亡くなったのも青梅雨のころであった。

青梅雨や母へほどこす死に化粧

福岡県京都郡豊津町（現・みやこ町）は周囲を山が囲み、国分寺が見え、藩校のあったところである。わが家系もまた代々小笠原藩の家老や大目付の家柄であったと聞く。私の祖父は厳しく交友関係にも口出しをした。が、父母はそんなことは少しもなかった。私の父は浄土宗の寺の次男として生まれ大堀家へ養子として入ったと聞く。長男の増谷文雄は宗教学者として沢山の本を書いた人ではある。私は二十代で上京し、この伯父に厳しく躾けられた。

私は父が大好きであった。長女であったせいか「一があって二がない」などと言っては可愛がってくれた。抱かれるといつも父の鎖骨につかまっていたという。父は痩せていたのである。

その父は、昭和六十一年三月二十六日、享年七十九歳で旅立った。法名一乗院釈通達位。どうも湿った話ばかりになった。

今月の「花芽」の句会は六月十四日、兼題は入梅と梔子の花。二十七日、「葉月」の句会の兼題は、青嵐と鴉の子である。

そういえば、この近くの緑道に鴉の巣があるようだ。ときをり子鴉が飛んでいるのを見る。

親に真似少し旋回鴉の子

（平成二十七年六月）

小名木川

明治通りが少し坂になっているところを登りつめると小名木川に出る。橋の袂に「雪敷ける町より高し小名木川」と、石田波郷の石文が建っている。そこを右折すると、川沿いの遊歩道になっていて、昼顔やかたばみの花が咲いていて、桜、松、えごの木、夏椿などの立木が見える。

川岸を見下ろすと震災のあとの護岸工事で、きれいになった川沿いに柳が植えられ、藤棚もしつらえてある。そして、小名木川には鴨が遊泳している。

六月の流れゆたかに小名木川

川沿いの遊歩道を少し歩くと、釜屋の渡し跡がある。鋳物師釜屋六右衛門の名にちなむと立て札に見える。昔、鋳物師が住んでいたのであろう。それにしても江東区には水路が多い。橋も数えきれないほどある。

と、時ならぬ通り雨に会う。木の下に佇んでいると、通りすがりの人が傘をさしかけてくれた。こんなところが如何にも下町らしくて嬉しい。その人と世間話をしながら、もとの新開橋へと引き返すことができた。

家に戻ると、籠のインコがけたたましい。早速おみやげのかたばみなどを入れてやる。すっかり晴れ上がった窓辺の日差しが眩しい。

今日は、いつも見ている韓国映画を見逃してしまった。ふと机の上を見ると、俳人協会への投句がそのままになっている。句友へのハガキも書かねばと思いつつ、少し疲れた目で窓外の緑を眺める。

（平成二十七年六月）

倒錯

このところ雨続きで梅雨寒がつづいている。散歩にも出られなくて一日ごろごろしていたが、ふと、写真でも整理しようかと思いついた。袋棚から、ようやくアルバムを下ろしたのはよいが、右肩を痛めてしまった。仕方がないので、テレビを見ようと思い番組を見ると、懐かしい「春琴抄」（谷崎潤一郎没後五十年）が目についた。春琴を山口百恵、佐助は三浦友和の配役である。この芝居は男と女の嗜虐的な、そしてどちらかというと倒錯の芝居である。

昔、大阪新歌舞伎座で、山本富士子と市川猿之助によって演じられたことを思いだした。かくいう私は、梅見の場面の芸者で出ていた。

また、二十代のころＮＨＫ小倉放送局の放送劇で、春琴役をいただいたのを覚えている。

私にとっては懐かしい芝居であった。

テレビの「春琴抄」は演出もさることながら、なかなかの出来で脇の津川雅彦もよかった。そして皆、若々しい。

午後、雨が小止みになったので一寸そこらまでと外に出る。しかし、しばらくゆくと再びざっと雨である。

急いで市場へ立ち寄り簡単な買いものをする。鮪の叩き、西瓜などなど。家に戻ると籠のインコが姦しく迎える。台所に立って支度をする。今日は少し遅めの昼餉である。

灯ともして遅めの昼餉夏館

（平成二十七年七月）

夏芝居

八月十五日、国立劇場の夏芝居をみる。出し物は「本朝二十四孝」―長尾謙信館十種香の場―、八重垣姫を中村芝のぶ、花作り蓑作、実は武田四郎勝頼を大谷桂太郎。次は歌舞伎十八番の「素襖落」太郎冠者を中村又之助、姫御寮を澤村伊助。切りは「伊勢音頭恋寝刃」、福岡貢を中村梅秋、仲居万野を片岡松寿、油屋お鹿を中村吉六、油屋お岸を澤村伊助の配役。伊助さんは澤村鉄之助さんの部屋の人で昔からの顔馴染みでもある。「伊勢音頭恋寝刃」は、寛政八年七月に大阪で初演された。その当時の事件を脚色したもので、私の好きな出し物でもある。

そして、油屋お岸を演じた伊助さんは遜色のない美しさであった。

癇癪の頬を染めゆく白絣
白絣血に染まりゆく夏芝居
名刀の切れ味のまた冷まじき
二枚目へ醜女のからむ夏芝居
血刀をかざす大見得夏芝居
花道へ血刀下げて夏芝居
殺し場の下座の鳴物夏芝居
伊勢音頭省いてありし夏芝居

この二幕目の奥庭の場の伊勢音頭の踊りが見られなかったのは少し淋しい気がした。外へ出ると皇居のお濠端が目の前である。そしてまだ三十五度という暑さであった。

（平成二十七年八月）

生姜市

増上寺の近くに芝神明宮がある。毎年、九月十一日から二十一日まで生姜市が立つ。緋袴の巫女が生姜を売るのである。期間が長いので、別名「だらだら祭」ともいう。この生姜市は寺町につく花街の中で行う祭である。

このあたりむかし花街生姜市

昔、このあたりに置屋や検番があった。置屋の二階は窓辺に、ずらりと鏡台が並び、簾がかかっていたが、今は銀行が建っていて、すっかり街の感じが変わってしまった。

銀行の裏のだらだら祭かな

また、昔はこの神明宮で花相撲も行われたらしく、その花相撲と火消し、め組の衆との喧嘩は、芝居の「神の恵和合取組—め組の喧嘩」として今に残る。

また、これを捌いた大岡越前守は、半鐘がひとりでに鳴ったという名裁きで納めたと伝えられる。

社前には今も、その半鐘が供えてある。

花相撲ありしは昔生姜市

謂れある半鐘祀り生姜市

神殿の左手奥に「玉藻」の、星野立子、星野椿、星野高志の合同句碑がある。

立子亡き今も神明生姜市

星野立子は私の最初の俳句の師である。増上寺の寺領の図書館に勤めていた私にとって、このあたりは懐かしい場所なのである。

（平成二十七年九月）

舟番所

新宿都営線の東大島の駅は、荒川を跨いでいて、前方の出口へ降りると土手に千本桜がずらりと並んでいる。また、手前で降りると小名木川に続く中川のほとりに舟番所の資料館が見える。

対岸は薄紅葉して舟番所

その資料館を訪ねてみる。そこには昔、水路を使って酒や米、塩などを運んだ猪牙舟《ちょきぶね》が展示されていて、往時を偲ぶことができる。また、釣り竿などもあって結構楽しめる。

薦被り舟で運びしころも秋

資料館を出て河原に下りると、そこには足湯がしつらえてある。早速、靴を脱いで足湯してみる。

足湯して舟を見て入る秋の昼

足湯しながら川を眺めていると、水上バスが遡ってきた。人を乗せている。やがて、ぞろぞろと大勢の人が下りて来た。
しばらくすると、この水上バスはまた人を乗せて川を下って行ってしまった。
暖かい十月である。

（平成二十七年十月）

べったら市

十月十九日・二十日は、日本橋小伝馬町宝田神社一帯で開かれる浅漬沢庵市である。元来は「夷講《えびすこう》」の器物、恵比寿、塩鯛などを売っていたが、のちに浅漬大根も売るようになり、べったら市と呼ばれるようになった。

営団地下鉄日比谷線の小伝馬町で下りて地上へ出ると、目の前に伝馬町の由来が書いてある。ここは昔、江戸大牢のあったところなのである。

歌舞伎の「四千両小判梅葉」（河竹黙阿弥作）では、大詰に「伝馬町大牢の場」がある。初演は明治十八年千歳座。これを有名な名作にしたのは、六世菊五郎と初代吉右衛門である。牢内という一般の人たちには垣間見ることすらできない世界を写実的に描写してあり、「しゃくり」といわれる牢法を聞かせる科白や、入牢者を叩くきめ板の音がしてくるような錯覚に襲われる。

先ずは、宝田神社へお参りを済ませ、誓文払の夷布《えびすきれ》などを眺めながら路地を曲ると、べったら市の様子がひと目で見渡せる。やがて、あれこれあれこれと見てまわったあと、ようやくべったら漬を一本仕入れる。路地には、酒びたりの人もいて如何にも下町らしい雰囲気といえる。

伝馬町という、江戸の歴史が残っている町。こんなところを歩けたことが、いかにも嬉しかった。

べったら市江戸の昔を偲びつつ

（平成二十七年十月）

桜紅葉

私のいつもの散歩道には銀杏の木が沢山ある。十一月に入って、その黄ばんだ銀杏の葉がどっと散るのである。それは一瞬の出来事なのだが、壮絶と言おうか壮烈と言おうか、なかなかのものなのである。

黄落の道まっすぐにまっすぐに

私はその中をひたすら歩くのである。そこをぬけると、今度は桜紅葉である。これは銀杏と違って、ちらちらと私に降りかかる。美しいので私はその桜紅葉を拾う。五枚から十枚ほど拾って大切に持ち帰る。

美しき桜紅葉を苞として

家に帰ると早速それを描いてみる。考えてみると毎年のように描いている。しかし、どれひとつ同じものはない。千差万別なのである。

書架には何枚もの桜紅葉の絵が置いてある。それを眺めて楽しんでいるのである。親しい友人には手紙として送ったりする。

従妹が枝つきの柿を送ってきた。毎年のように自宅の柿を送ってくださる。これがまた画材になる。お礼状は葉書に描いた柿である。

毎日、絵を描いたり、俳句を詠んだり、自由気ままな独り暮しである。

いつよりか独りの暮し冬暖か

（平成二十七年十一月）

神楽坂

今日は立冬、そして初時雨である。

初時雨ゆるゆる上る神楽坂

神楽坂は、ゆるやかな坂である。昔ここは江戸湾を望む高台でもあった。江戸開府以降、家康の居城となった城を外濠が囲み、その外濠沿いに、いくつかの番所があった。そのひとつの牛込見附から山寺台地までが神楽坂である。その名の由来は神楽の音が聞こえて来たからともいうが、今もまた、伝統芸能の公演が多い。また、花時には商店街も賑やかである。

この坂を上りつめると、毘沙門天を祀る社がある。さらに上り詰めると道をはさんで出版クラブと光照寺がある。

なつかしき出版クラブ初時雨

光照寺は芝の大本山増上寺の末寺である。

石蕗は黄にここ浄土宗末寺かな
本堂は灯をほんのりと初時雨
風鐸をしとど濡らして初時雨
山茶花の真つ盛りなる光照寺

おりから山茶花のまっ盛りであった。時雨の中、墓参りの香煙が煙る。

冬椿白し牛込城址とや

墓所の奥には狂歌師の墓も見られた。

（平成二十七年十一月）

石橋

元日の朝はテレビの能始めに始まる。大江定基は出家して寂昭と称し、唐、天竺に渡って仏寺や霊地を回り、中国山西省の清涼山に来て、有名な石橋を渡ろうとする。

赤獅子につづく白獅子能始め

昼少し前に浅草行きを思い立つ。毎年の私の例会でもある。バスで浅草に着くと、雷門あたりは、すでに人の山。浅草寺を目指すには仲見世の裏を歩くしかない。

門松を立てて名うての扇店

いつもの扇店は門松をしつらえ、店内の箱庭には水が打ってある。路地をはさんだ隣は刃物屋である。

刃物屋の刃物林立初商ひ

ふと見ると、路地の冬はこべが目についた。

浅草の小さな路地の冬はこべ

仲見世の裏をたどって、ようやく本殿近くまで来たがなかなか人が動かない。仕方なく、そこで軽く拝んで人の列を横切り二天門へ出る。折しも冬桜が美しい。

ほんのりと冬桜咲き二天門

ようやく二天門を出て最寄りの店に入る。そこには私好みの猫の絵入りの靴下があるのだ。二足ほど気に入ったものを買い求める。そこを出て隅田川沿いに行くとちょうど昼時。

蕎麦屋が目についた。そこで簡単な食事をとり、ようやく帰路に着く。

（平成二十八年元日）

雪の誕生日

今日は一月十八日、私の誕生日である。そして、東京ではこの冬初めての雪である。ベランダの窓から眺めると、うっすら積もった前方の広場に、はや靴の足跡がいくつかあった。

籠のインコは、いつものように早起きで嬉しそうに鳴いている。ふと、ベランダの手すりに目をやると、すでに十羽ばかりの雀が、ずらりと並んで餌を待っている。早速、インコのおこぼれを容れものに入れてやる。

六畳の間には南天、台所のまるいテーブルには千両がどさりと活けてある。

朝湯を前にふと、久しぶりに舞の稽古をしようと思いついた。雪の日だから地唄の「雪」をと考えたが、いつもの道成寺の出のところから二段と決めた。

白足袋の五つ小鉤をしかと嵌め

「花のほかには松ばかり　花のほかには松ばかり　暮れ初めて鐘や響くらむ　鐘に怨みは数々御座る　初夜の鐘を撞くときは　諸行無情とひびくなり　後夜《ごや》の鐘を撞くときは　是生滅法《ぜしやうめつぽふ》とひびくなり　晨鐘《じんじょう》のひびきは生滅滅己入相は寂滅為楽とひびくなり　聞いて驚く人もなし　我も五障の雲晴れて　真如の月を詠《なが》め明かさん」

昔ほどには体が動かないが、それでも何とかお稽古出来た。

米寿にはまだ間のありて舞初

そのあと、ゆっくりと朝湯を遣う。朝食は、いつものパンである。雪は、いつの間にか止んでいた。八十五歳の誕生日である。

（平成二十八年一月）

川崎大師平間寺初句会

今年は一月に入り珍しく雪が降った。例年になく寒い。一月十八日で八十五歳になった私にとっては如何にもこたえる。
川崎大師の初句会は一月二十六日、腰の痛みも少しあって、いつになく気おくれしている自分に気づく。迷いに迷ったが、やはり行くことに決めた。

春近しゆるゆる走る大師線

いつものように大師線を下りて、参道をゆっくり歩く。

久々に見る参道の冬柳

寺の正面でなく少し近道になる裏門から境内に入る。虚子、立子の句碑を経て大師池を、ちょっと覗いて見る。今日は寒いので猫の姿も見えない。

恋 猫 に 会 ふ 楽 し み も 平 間 寺

あきらめて会場に向かう。

二階の大広間の襖を開けると、定刻に近いので七分どうり、御僧が席についておられる。私の席はいつも床の間を背にする場所で、去年見えなかった講談の神田陽子さんが、すでに席についておられた。

床 の 間 の 梅 ち ら ほ ら と 僧 の 句 座

やがて、二双の屏風を立てまわした後ろより椿先生、高士先生のお出ましである。

机上に置かれた硯の墨を磨り、今日の出句を紙に書いて投句を終る。やがて清記、そして選句が始まる。選句の終ったところで、句の披講が始まる。

読初や弘法大師著作集
春隣この大寺の大句座に
僧の声皆よく通り初諷経
護摩の火の永遠の高さに春隣
三寒もゆるむか護摩の火の高し
方丈に日脚のびたる水の音
子規虚子の句碑や池畔の寒椿

などなど、句会のあとはご馳走が配られ、お酒もでる。なごやかな初句会である。

（平成二十八年一月）

早稲田の森

地下鉄を下りて地上に出ると、そこは坂がかりになっていて、早稲田大学南門までは五分ほどの距離である。

桜咲く早稲田大学南門

南門へ着くまでの通りは、さすがに早稲田の町らしく、小さな劇場があって、散らしを配る女性がいたりする。今日は独り芝居の上演とかで誘いがかかったりもする。

シェークスピア没後四百年の春

南門の入口には、大きな桜の木が二三本あり塀にもたれるようにして咲いていた。思い起こせば、この早稲田大学には昔、小説家志望の旧友が通っていた。しかしその後、彼は肺癌を患い志半ばにしてこの世を旅立ってしまった。

そんな悲しい思い出を胸に秘めながら校内を散策する。校内は創立者の大隈重信や坪内逍遥の像、そして演劇博物館などがあって、興味はつきない。

大 学 は 坂 が か り な り 初 桜

春闌けるころは、どのようであろうかと想像をめぐらしながら、早稲田大学をあとにした。

（平成二十八年三月）

緑道の桜

私の住んでいる西大島四丁目から天神様のある亀戸まで、緑道が続いている。その緑道の桜が、いっせいに咲いた。古い桜であるが「桜切る馬鹿」の風習に従って、まだ切られていないせいか、その両側の桜の枝が空の下で互いに触れ合っていて、まことに美しくまるで天国のようである。その真中には桃色のぼんぼりが下がり、夜もまた楽しめるのである。

ぼんぼりの揺れる緑道花盛り

この緑道は昔、都電が走っていたようだが、その両側には車道がついているせいか、車に怯えることもない。ときおり、日本人のほか印度人や他国の人びとも歩いている。そして、いつの間にか花見の宴がしつらえてある。

花の宴はや始まってをりしかな

今日は花曇り、俳句では「養花天」ともいう。

二階住みの私は、一号棟の近くにある五本ほどの桜を、うつうつと眺めている。籠のインコもまた、おとなしく居眠りしたりしている。桜どきの真昼である。

（平成二十八年四月）

あとがき

「雪敷ける町より高し小名木川　石田波郷」の句碑のある小名木川の小さな橋より五分も歩かないところに大島団地の一号棟があり、その二階に住んで三十余年が過ぎました。その間昭和六十二年から平成二十八年まで、句集『小面』『増』『猩々』のほかエッセイ集を加えて九冊の本を上木いたしました。今回の『恋・舞・芝居―俳句とエッセイ―』は十冊目となります。今年、八十五歳を迎えましたので、これが恐らく最後の上木となるでしょう。

それにつけても本阿弥さまには長いことお世話になりました。ことに黒部さま、池永さまには、いろいろと力になっていただきました。あらためて心より御礼申し上げます。

平成二十八年　夏

柊花

著者略歴

大堀　柊花（おおほり・しゅうか）

昭和６年（1931）　福岡県生まれ
昭和45年（1970）　星野立子「玉藻」入会
昭和53年（1978）　鷹羽狩行「狩」入会
昭和58年（1983）　「狩」同人　俳人協会会員
昭和62年（1987）　句集『小面』
平成７年（1995）　『花火と時雨―季題12か月』
平成７年（1995）　NHK 学園俳句講座講師
平成11年（1999）　『花と香水―続・季題12か月』
平成14年（2002）　句集『増』
平成16年（2004）　『月と不知火―続々・季題12か月』
平成19年（2007）　『雪と桜貝―新・季題12か月』
平成19年（2007）　第28回狩評論賞受賞「春炬燵」
平成22年（2010）　『扇と狐―季題12か月』
平成24年（2012）　句集『猩々』
平成26年（2014）　『俳句で描く歌舞伎』

現住所　〒136-0072　東京都江東区大島4-1-1-221

恋《こい》・舞《まい》・芝居《しばい》 ―俳句《はいく》とエッセイ―

2016年９月１日　第１刷

著　者　大堀　柊花

発行者　奥田　洋子

発行所　本阿弥《ほんあみ》書店

東京都千代田区猿楽町２－１－８　三恵ビル　〒101－0064
電話　03－3294－7068（代）　振替　00100－5－164430

印刷・製本　日本ハイコム㈱
定価はカバーに表示してあります。

ISBN978-4-7768-1255-5（2973）C0092　Printed in Japan